무등산의 가을

윤월심

윤월심

전남 무안 출생
사단법인 문학애 시 부분 등단
(전)문학애 이사
(전) 문학애 수석부회장
문학애 공로패 수상
불교대학원 졸업
저서 풍경소리 1집
커피 시인 윤보영 시인과 함께
바람이 분다

윤월심 창작시집
무등산의 가을

초판 인쇄일 2023년 9월 15일
초판 발행일 2023년 9월 15일

지은이 윤월심
펴낸이 장문정
펴낸곳 도서출판 그림책
디자인 이정순 / 정해경
출판등록 제2010-000001
주소 경기도 수원시 영통구 이의동 웰빙타운로 70
연락처 TEL070-4105-8439 (010)2676-9912
E-mail : khbang21@naver.com

무등산의 가을

윤월심

시인의 인사말

무더웠던 여름이 가고
어느새 시원한 바람이
우릴 반겨주네요

예쁜 가을꽃이 피고 지고
알록달록 나무들이
새 옷 갈아입습니다

자연을 찾아다니며 쓴
저의 시집이 모락모락
김을 뿜어내며 세상에 나옵니다

제 시가 삶에 지친 이들에게
마음에 평온함을 주는
휴식처가 되길 바랍니다

2023년 어느 가을 날
윤월심

윤월심 창작시집

무등산의 가을

무등산의 가을

윤월심

어디론가 떠나고 싶다

쪽빛 하늘 올려다보면
구름 비누로 세수하고 싶고
가을바람 불어오면
가슴 한편이 시려온다

단풍잎 우수수 떨어져
붉은 주단 깔아 놓으면
한 폭의 수채화 되어
우수에 물들어 간다

귀뚜라미 귀뚤귀뚤
가을 연가 부르고
코스모스 향연 펼쳐지면
스카프 목에 칭칭 두르고
어디론가 떠나고 싶다

억새의 향연

바람에 노랫소리 들어 보았는가
찰랑찰랑 바람에 나부끼는
억새의 찬란한 몸짓을 보았는가

하얗게 뒤덮은 억새는
끝없는 바다를 이루고
은빛 찬란한
가을 풍경을 연출한다

바람결 사이로
다정한 여인들 웃음소리가
밤하늘에 별만큼 쉼 없이
황매산 자락에 흩어진다

이 가을 그대와 걷고 싶습니다

눈이 시리도록 푸른 하늘
흰 뭉게구름 두둥실 떠다니는
이 가을 그대와 걷고 싶습니다

알록달록 피어있는
코스모스 길도 걷고 싶고
쑥부쟁이 눈부신
오솔길도 걷고 싶습니다

인적 드문 가을길을
바바리코트 깃을 세우고
가을 남자 가을 여자가 되어
다정히 손잡고 걷고 싶습니다

어머니 꽃 구절초

한 많은 사연 담고
하얀 소복단장한 여인이여

눈물 속에 피고 지는
천상의 꽃 구절초

한결같은 모습 그대로
순결하게 핀 구절초

어머니 속 깊은
삶을 돌아보게 합니다

인고의 세월 속에
굴곡진 삶의 흔적이 배인
어머니 꽃 구절초 앞에 서면
왈칵 눈물이 쏟아집니다

가을 타는 여자

찬바람 부는 가을이면
떨어지는 낙엽만 봐도
왠지 쓸쓸해지고
옛 추억이 떠오른다

누군가가 마술을 부린듯하다
마음이 싱숭생숭 이랬다저랬다
갈피를 못 잡은 여자의 마음

무더운 여름 불볕더위에도
꿈쩍도 안 하던 마음인데
가을바람 한 줌에 갈팡질팡
정신을 못 차리는
가을 타는 여자

꽃무릇

가을 산사를 온통
핏빛으로 물들인 꽃무릇

사무친 그리움에
붉은 눈물 뚝뚝 흘리는
이 슬픈 사랑을 어찌할 거나

피를 토하듯
심장이 찢기듯
가슴 먹먹해지는
억장이 무너지는 사랑이여

못다 이룬 애달픈 사랑
서로를 향한 깊은
그리움도 또 하나의
사랑이려니 생각하려오

맥문동

하늘을 향해 손을 뻗어
간절히 기도하듯이
고고한 자태의 보랏빛 맥문동

우아함 속에 슬픔이
화려함 속에 고독이
위엄 속에 외로움이

천상에서 내려온 선녀인가
송알송알 알알이 맺힌 꽃술

흑진주처럼 반짝반짝 빛나는
맑고도 영롱한
보랏빛 맥문동

추석

가족들 오손도손 모여
송편 빚어 솔잎에 자르르 쪄내고
삼색나물 참기름에 달달 볶고
숯불에 생선 타닥타닥 굽어낸다

휘영청 밝은 보름달 아래
기울인 술잔에 코로나로

힘겨운 시름 비워지고
고향의 넉넉한 정이 채워진다

가을 들녘 같은
풍요로움을 나누며
손주 재롱 지켜보는
할아버지 할머니 입가엔
웃음꽃이 떠나지 않는다

해바라기

팔월의 뜨거운 태양 아래
노란 해바라기 꽃이 활짝 피어
둥글게 한 세상을 이루고 있다

나도 저 해바라기
꽃무리 속으로 들어가
한 송이 아름다운 꽃이고 싶다

조건 없이 베푸는
숭고한 사랑으로
가슴 아리도록 그리운 사람
한 생애 기다리고 싶다

팔월의 고향 풍경

고향집 배롱나무
꽃망울 팡팡 터드리며
한여름 뙤약볕 견디며
묵묵하고 강인한
아버지 모습 닮았다

대추나무에 사랑이
주렁주렁 열리고
텃밭 모퉁이에
하얀 별 같은 부추 꽃이
만개하여 하늘거린다

황금 들녘을 꿈꾸는
초록 논 위로 백로가 나르고
전깃줄에 앉아있는
비둘기 구구구 하며 울어댄다

결혼식

소녀 시절 편지를 쓰기를
좋아해서 펜팔로 알게 된 오빠

옆집에 사는 언니를 소개해 준
소중한 인연으로
두 분의 아들 결혼식이다

세월은 유수와 같이 빠르다
팔월의 뜨거운
햇살이 작열하지만

뜨거운 사랑으로 만난
신랑 신부 앞길에
항상 행복하고
꽃길만 가득하길 바란다

시아버지 제사 날

시아버지 제사 날이다
고기와 과일 밑반찬을 챙겨서
남편과 아들 둘이서
고향 집으로 향했다

둘째 시누이가 전감 나물
국거리를 사 오셨다

시동생은 생선을 준비하고
막내 시동생과 동서는
새우를 사와서 쪄 먹었다

시아버지 돌아가신지
벌써 32년째 유난히 예뻐해 주신
아버지 제사 날
쓸쓸한 마음이 든다

나주 불회사

일주문을 들어서니
전나무 삼나무 비자나무들이
주변에 우거져 숲속의
아득함을 느낄 수 있었다

산자락의 신록들이
절집을 향해 쏟아져 내리고
너와 나의 시간도 멈춘 듯
신록에 물든다

가족들과 법당에서
부처님께 삼배 드리고

기와불사에
만사형통 무병장수 글귀를 적었다

고향 친구 모임 하는 날

바쁘다는 핑계로
친구들 얼굴을 못 봐서
그런지 가슴이 설렌다

민어 철이라
신안 송도 수산물 센터에서
싱싱한 민어회와
매운탕에 소주 한 잔하고

근처 카페에서
이런저런 이야기 나누다 보니

서글프게도 세월의 흔적들
얼굴에 새겨졌었다

친구들아 먹고 싶은 거 먹고
건강하게 지내자꾸나

처서

24기 절기 중 오늘이 처서다
여름 가고 내가 좋아하는
가을이 문턱에 들어섰다

하늘은 흰 구름 두둥실
땅에는 귀뚜라미 울고
아침저녁으로
신선한 바람이 분다

길가에 코스모스 하나 둘 피고
청량한 가을 냄새나는
가을은 사랑하기 딱 좋은 계절

인성

사람의 인성은 변하지 않는다
내 주변을 둘러봐도 그렇다

젊은 시절엔 그랬더라도
나이가 들었으니
이젠 좀 나아졌겠지 하고
얘기를 나눠보고
행동을 지켜보면 여전하다

우리는 살아가면서
많은 일들을 겪으면서
깨닫게 되는데

왜 인성은 변하지 않는 걸까

소소한 행복

주어진 일에 최선을 다하며
감사를 느끼고 행복을 느끼는 게
소소한 행복 아니겠는가

차 한 잔 놓고
시집 책 한 장 한 장 넘기며
소소한 일상에서 찾은
보물 같은 세상

저녁때 가족들 위해
따뜻한 밥 지어 놓고
작은 일에 기뻐하며
소소한 행복을 느낀다

고향 집

고향 집 앞에 바다가 펼쳐져
유년 시절 마루에 누워 자면
시원한 바람이 솔솔 불었다

서까래와 맞닿은 처마에
제비들이 둥지를 틀고
뒷동산 뜸부기는
박자를 맞춰 울었다

붉게 떠오르는
저녁노을이 국화잎 수놓은
창호지 빗살문을 물들이며
고향 집을 포근히 품었다

내 오랜 친구야

내 오랜 친구야
무더운 날씨에 양배추 심느라
얼마나 고생이 많니

시댁 가는 길에 들리면
친정엄마처럼 이것저것 챙겨준
사랑하는 내 친구야

비가 오면 오는 대로
해가 나면 나는 대로
우리 아프면 병원 가고

건강 챙기면서
지금처럼 행복하게 살자

남편의 허리 수술

대학병원 병실에 누워있는
남편을 보니
가슴 한편이 아리다

종갓집 장손으로 태어나
4대가 한집에 살면서
칠 남매 동생들 결혼 시키고
가장으로 두 아들 아빠로
성실하게 살아온 남편

하루빨리 건강이
회복하길 기도한다

칠월 칠석

서로를 그리워
그리워하면서도
은하수를 사이에 두고
건널 수 없는
안타까운 사랑이여

칠월 칠석
하늘에 문이 열려
견우와 직녀가 만나는 날

가슴 벅차도록
눈물이 앞을 가린
일 년에 한 번 꽃피우는
고귀하고 애틋한 사랑이여

무등산의 가을

무등산 중턱에서 바라보니
화순의 낮은 산들이
겹겹이 펼쳐져
명함을 드리우고 있다

손에 잡힐 듯 이어지는
산 능선들 위로
억새들이 너울대며
아름답게 조화를 이루고 있다

맑은 공기 만끽하면서
도시에서 치열하게 살았던
피로감 사라지고
평온함이 찾아온다

추억 없는 사람이 어디 있으랴

인생을 살아가면서
추억 없는 사람 어디 있으랴

라디오를 틀어놓고
고구마 밭 매고 있는

나에게 다가와
소풀을 뜯기던
동네 오빠가
사랑 고백을 한다

한 세월 지나고 보니
설렘이고 행복이었다

내 인생의 가을

시간이 너무 잘 가고
세월이 너무 빠르고

내 인생의 가을이
왜 이리도 빠른가

몇 년 전만 해도
내 머리 위에 흰 머리카락이
한 올도 없었다

언제부터인가
그리도 맑던 눈이
글씨가 가물가물

내 인생의 가을 늙어가는 것
또한 감사하리라

가을이 오고 있습니다

가을이 오고 있습니다
아직도 낮에는 무덥지만
아침저녁으로
선선한 바람이 붑니다

하늘은 높고 푸르고
흰 뭉게구름 둥실 두둥실
한 폭의 그림같이 아름답습니다

들녘에 벼들이 노랗게 익어가고
강 건너 소나무 아래
구절초 꽃이 피고

길가에 코스모스가
눈부시게 아름답습니다

여름이 익어가고 있다

텃밭에 상추가 자라
손바닥만 한 잎들이
너울너울 거리고

뒷밭에 발그스레한
방울토마토가
나를 보고 방긋 웃고 있다

울타리 밑에는 덩굴 뻗어
올라가는 오이가 자라
옆집 담장을 넘보며
여름이 익어가고 있다

수박

어린 시절
무더위를 날리기 위해
커다란 수박 끌어안고
계곡으로 달려갔다

손가락 끝으로
수박을 두드리며
얼마나 잘 익었을까

친구들과 눈빛 교환하며
빨간 수박이 쩍 소리를 내며
야! 환호하며
보름달처럼 환하게 웃었다

구름처럼 바람처럼

길가에 예쁘게 핀 꽃처럼
방긋방긋 웃으며 살고 싶어라

숲속에서 노래하는
새처럼 아름답게 살고 싶어라

미움도 원망도 물처럼
흘러 흘러 보내고

구름처럼 바람처럼
자유롭게 살고 싶어라

쨍하고 해 뜰 날

바람 앞에서 위태로운
새 한 마리 날갯짓이 힘겹다

우리 인생도 삶이 힘들고
버거울 때 있으리라

비바람 앞에 당당히 맞서서
한발 한발 내딛다 보면

쨍하고 해 뜰 날 오리라

부끄러움을 모르면 사람이 아니다

세상이 시끄러움인가
정치인들 뻔뻔함인가

하늘이 노했는지
먹구름이 뒤덮여
세차게 비가 내린다

가진 자가 더 가지려고
욕심을 부리는 세상

아예 양심도 없고

장맛비

하늘이 온통
먹구름 변하더니
거세게 비가 내린다

파도처럼 밀려오는
게릴라성 장맛비
순식간에 흙탕물이 찰방인다

오늘같이 비가 내리면
애호박 부추 송송 썰어 넣고
부침개 부쳐 주시던
어머니가 그리워진다

암자에서

장마가 시작되는 칠월
산골짜기 굽이굽이
운무가 바다를 이룬다

깊은 산속 암자에서
수행하시는 스님

욕심을 버려서 일까
깨달음을 얻어서 일까

겸손하고 청빈한 삶 사시는
노스님 뵙니

저절로 두 손 모아진다

내 고향 칠월은

내 고향 칠월은 산머루가
알알이 익어가고

텃밭 참깨 꽃 순수하고
은은한 빛깔 무척이나 곱다

내 고향 칠월은
산 뻐꾸기 구슬프게 울고

찰 옥수수 만삭하고
망초꽃 흐드러지게 피면

나비들이
꽃잎처럼 날아든다

쑥섬

쪽빛 바다가 펼쳐져 있는
꿈결같이 아름다운 작은 꽃섬

형형색색 눈부신
수국꽃이 펼쳐져

여기가 바로 바다 위에
천상의 화원이로다

바다와 숲 그리고
아름다운 수국꽃

발길 닿은 곳마다
인생 사진 담아 본다

지리산 운무

호젓한 산길 따라 걷다보면
지저귀는 새소리
계곡물 흐르는 소리
듣지 못한 사람은 느끼지 못하리

운무로 감싸 안은
지리산 풍경 바라보니
내 영혼이 맑고 정결해진다

세상사 아쉬움 접고 나니
삶이 어찌나
여유롭게 느껴지던지
그저 감사할 따름이다

산골 이야기

산골의 아침은 물안개로 덮여
시시각각 변하는 모습
변화무쌍하다

산골 마을에서 바라보는
산 풍경 한 폭의
동양화를 보는 것 같다

산은 그대로인데
세상은 빠르게 변하고
시끄러운 세상에서 벗어나
산에서 욕심없이 살고파라

중환자실

조대병원 중환자실에
생사를 오고 가는
위급한 목소리가 들린다

혼미한 의식 속에서
여러 가지 생명선을 의지한 채
고독한 사투를 벌이는 중환자실

척박한 땅을 이기고
피어난 꽃이 더 아름답듯이
강인한 생명력 가지리라

초롱꽃

고향 집 앞마당에
초롱꽃이 초롱초롱
예쁘게 피었습니다

흔들면 딸랑딸랑 소리라도
낼 것 같은 샛별 같은 꽃

엄마랑 둘이서
초롱불 밝혀들고
개구리울음소리 들으며

해제 오일장에 가신
아버지 마중 나가던
그때가 그리워진다

가을비

추적추적 가을비 내리면
어디론가 떠나고 싶어요

갈바람 나뭇잎 흔들어 놓고
도시를 깨우는 투명한 빗방울

아름다운 꿈처럼 내리는
비에 노래 그리움 되어 오면
쓸쓸히 내리는 가을비 속으로
그리움 안고 떠나고 싶어요

산다는 것

산다는 것은
강물처럼 유유히 흐르고
바다처럼 넓은 마음으로
살아가는 것이다

산다는 것은
무언가 끊임 없이
기다리는 것이다

만남부터 이별까지
기쁨도 주고 고통도 주지만
죽기까지 기다림에
연속인 것이다

산다는 것은
바람처럼 왔다가
바람처럼 사라지는 것이다

아침 이슬 초롱초롱 빛나더니
흔적 없이 사라지는 것이다

삶의 노래

잡초처럼 살리라
흙탕물에 휩쓸려도
다시 일어나는
잡초처럼 살리라
인동초처럼 살리라

혹독한 추운 겨울 견디고
이른 봄 꽃피우는
강인한 인동초처럼 살리라
돌처럼 살리라

잘난 구석 하나 없어도
세월의 강물에
모난 곳 닦고
둥글둥글 묵묵히
제 자리 지키는
돌처럼 살리라

네가 그리운 날

네가 그리운 날은
하루 종일 책을 보며
그리움을 달랬다

네가 보고픔 날은
커피를 마시며
온종일 음악을 들었다

그리고 남은 시간도
너를 생각하며
그리워했다

모란꽃 피면

모란꽃 피면
어머니 생각이 납니다

긴 머리 땋아 은비녀 꽂으시고
깊은 밤 홀로 앉아
정성으로 한 땀 한 땀
수를 놓으시던 어머니

하늘나라로 가신
아버지가 얼마나 그리웠으면
밤새도록 눈물 훔치시면
열두 폭 치마폭에
모란꽃 수를 놓았을까

보성 제암산

어머니 벨벳 치맛자락같이
녹음으로 짙어가는 제암산

자연과 교감하며
도란도란 걷는다

산줄기 굽이굽이
청아한 새소리 들리고
산봉우리마다
한 폭의 수채화를 그린다

연분홍 철쭉꽃 곱게 피어
천상의 화원 펼쳐지고
피톤치드 향내음 힐링이 된다

육십 줄에 들어서니

시냇물이 흘러 흘러
강으로 가듯이
내 인생도 어느덧
돌아돌아 육십 줄인가

멀리만 느껴지던
육십 줄에 들어서니
몸은 여기저기 고장이 나고
얼굴에 주름살만 깊어지구나

인생이란 일장춘몽이라 했던가
하룻밤 꿈같다고 했던가
세월의 흔적 벗어날 수 없구나

클로버 꽃

집 앞 공원 잔디밭에
하얗게 피어난 클로버
꽃을 보고 있노라니
어릴 적 추억을 소환하게 한다

예쁜 꽃잎 따서
꽃반지 꽃팔찌 만들어
친구 손목에 끼워주던
순수했던 그 시절

육십 중반을 달리는
지금 그리운 추억으로 다가와
옛 친구가 보고 싶다

군자란

베란다 한쪽에
향기로 뿜어내는
주홍빛 꽃망울
볼수록 우아한
너의 자태

내 가슴 설레게 한다
초록 치마 연분홍 저고리 입고
방긋방긋 웃고 있는
고고한 여인이여
내 심장이 터질 듯 뛰노라

장미꽃

하늘에서 수많은 별들이
지상으로 내려와
아름다운 꽃이 되었나

눈부시게 빛나는
장미꽃 보고 있으면
내 심장이 불처럼 뜨겁다

선홍빛 붉은 입술로 다가와
유혹하는 여인이여
가시에 찔려 죽더라도
너와 사랑하고 싶다

바닷가에서

백사장을 거닐며
불어오는 바람도
때론 친구가 된다

한없이 밀려오는
파도를 바라보며
커피 한 잔의
여유를 만끽한다

저 멀리 바다를
붉게 물들이는
노을 바라보니
환상적인 풍경 황홀하다

선암사 겹벚꽃

연분홍 꽃잎이
눈처럼 흩날리는
고즈넉한 산사에
탐스러운 겹벚꽃이
화사하게 피어

꽃의 정원인가
지상낙원인가

사랑하는 사람이여
내가 보고 싶거든

핑크빛 사랑이 피어나는
천년고찰 선암사로 오라

엄마의 삶

기쁨보다 슬픔이
웃음보다 한숨이
자식들 사랑으로 감싸 안으며
눈물로 기도하신 엄마의 삶

세상 풍파에 시달려
무릎이 퉁퉁 부어 절뚝거리면서도
하루도 쉬지 않고 일하신 엄마

무심한 세월 탓인가
삶의 고단한 탓인가

치매로 꽁꽁 언 엄마의 마음
햇살이여 토닥토닥 녹여다오

해돋이

거센 파도가 밀려드는
바다 위로 떠오르는
붉은 태양 장엄하다

수평선 붉게 물들이는
태양 보고 있으니
나도 모르게 가슴이 뜨겁다

올해는 내 삶이 더 나아지길
그리고 웃을 수 있는 날들이
더 많아지길 빌어 본다

내 사랑 수선화여

수줍은 열아홉 소녀처럼
부끄러워 말 못 하는
내 사랑 수선화여

샛노란 너의 미소가
내 마음 설레게 하노라

신안 선도 꽃동산에
곱디고운 얼굴로
방실방실 웃고 있는

내 사랑 수선화여

맨발로 걷기

숲세권 아파트 사는 덕분에
매미 귀뚜라미 잠자리 나비
곤충들을 쉽게 볼 수 있다

길가 옆으로
비탈진 면을 가득 매운
선홍빛 붉은 상사화 물결을 보며

아침저녁으로
맨발로 흙길을 걸으니
몸도 마음도 건강해진 기분이다

등대

암초에 불 밝혀 놓고
하염없이 누구를 기다리는가

캄캄한 망망대해
온몸으로 빛이 되는 등대

푸르른 바다 위에
홀로 외로이
고독한 이유를 말하고 있네

꽃샘추위

우수 경칩이 지나고
봄이 오는가 싶더니
꽃샘추위가 심술을 부린다

갓 피어난 목련 산수유꽃
추위에 몸을 움츠리며
오들오들 떨고 있다

공원에 나무들도
무리 지어 바람에 맞서고
나뭇가지 사이를 뚫고
칼바람 손끝이 아리다

감기

며칠 몸 컨디션이 안 좋더니
목이 따끈 거리고
고열이 나더니 어지럽다

타이레놀을 먹고 잘까
순대 국밥을 먹고 잘까
고민하다가 식빵 먹고 잤다

그 후 물 한 모음 삼키지 못하고
사흘 밤낮을 끙끙 앓으며
너와 함께 뜨겁게 보냈다

그대와 나

그대가 하늘이라면
나는 땅이 되겠습니다

햇살이 눈부시게 비춰는
뜨락에 청초한 한 송이
꽃으로 피어나겠습니다

그대가 창공을 날으는 새라면
나는 넓은 호수가 되겠습니다

날다가 지친 날개 잠시 접어두고
편히 쉬어가게 배려하겠습니다

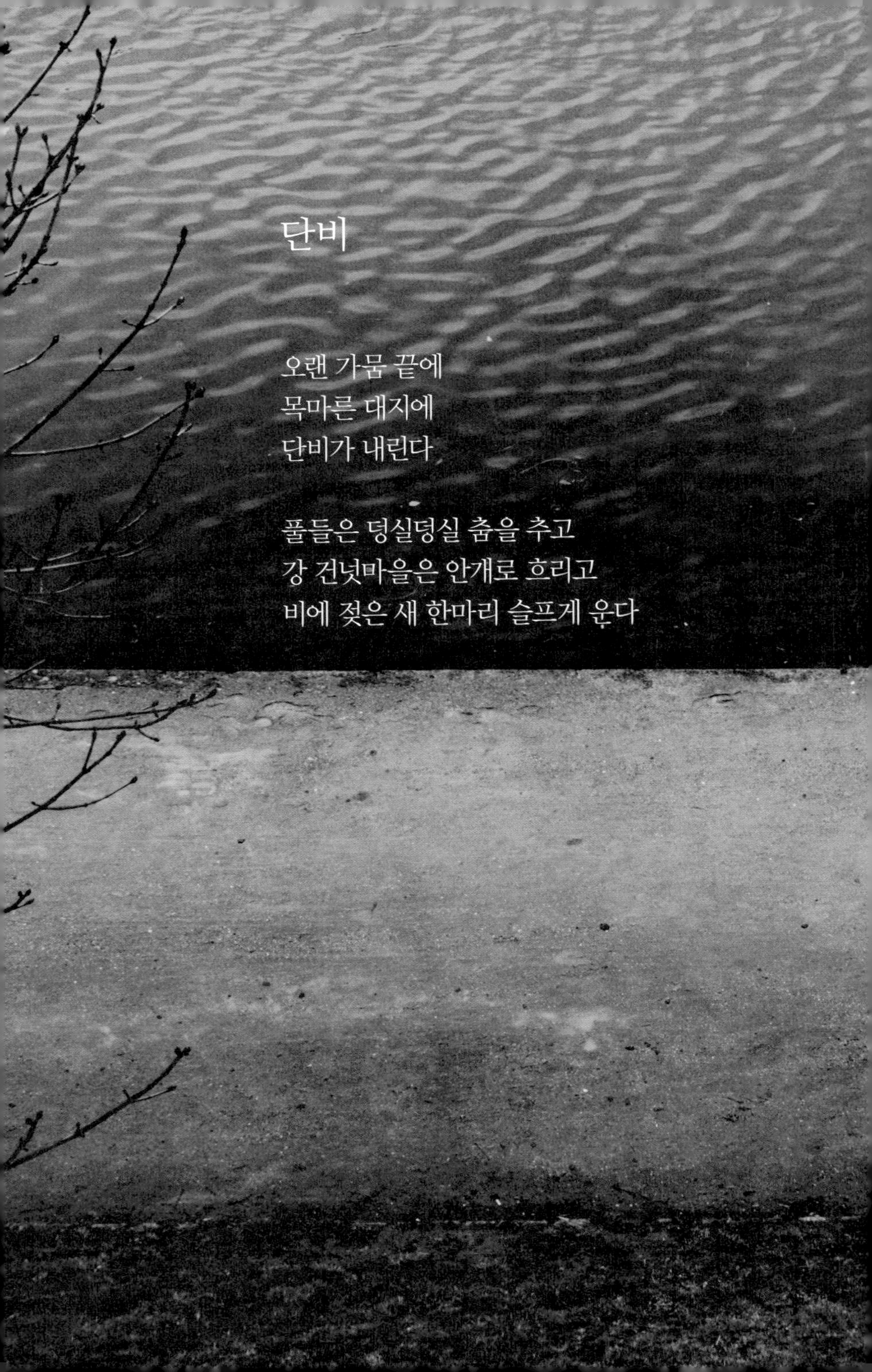

단비

오랜 가뭄 끝에
목마른 대지에
단비가 내린다

풀들은 덩실덩실 춤을 추고
강 건넛마을은 안개로 흐리고
비에 젖은 새 한마리 슬프게 운다

늘어진 수양버들
연둣빛 수놓으며
살랑살랑 푸르러 간다

11월

산자락마다 불붙듯이
활활 타오르는 단풍
가을 산이 애인 품처럼 뜨겁다

갈대는 바람과 이별에
온몸을 부들부들 떨고
아침마다 노래하던 뒷산에
새들도 이제 지저귀지 않는다

주렁주렁 주홍빛 감나무
까치밥 몇 개 달랑 남아
홍시들이 연등불 내다 건다

가야산의 가을

가야산 자락마다
붉은 물감을 쏟아부은 듯
굽이굽이 길 위로
가을이 내려앉는다

산 빛깔 요란하고
물소리 소란한 산길을 걷다가
굽이쳐온 길 뒤돌아보니
만추가경이라는
사자성어가 떠오른다

하늘거리는 코스모스 사이로
흔들리는 억새마저 아름답다

사연 없는 사람이 어디 있으랴

사연 없는 사람이 어디 있으랴
저마다 영화 같은 인생 스토리
하나쯤 가슴에 묻고 살아간다

종갓집 맏며느리로 시집와서
4대가 한집에 살면서
열네 분의 조상님 제사상 차리고
시동생 시누이 결혼 시키고 나니
고됐던 몸이 고스란히 쌓여
날이 갈수록 허리와 무릎 아프다

겉으로 내색은 않지만
가슴 아픔 사연들도 많다

그 사연 가슴에 안고
살아가는 것이 인생이다